un petit livre d'argent

Le Nouvel Ami de Jérémie

Texte et illustrations de Cyndy Szekeres

DEUX COQS D'OR

Jérémie, le petit renard, regarde par la fenêtre de sa chambre. Cet après-midi, Tête-en-l'air, son nouveau voisin, vient jouer avec lui.

« Viens dans ma chambre, dit Jérémie.
Mais ne joue pas avec mon camion.
Ne touche pas à mes cubes.
Je vais choisir un jeu.
C'est moi qui commence ! dit encore Jérémie.

Cette chaise est à moi ! crie Jérémie.
Tu n'as qu'à t'asseoir par terre ! »

Tête-en-l'air va dans la cuisine, tout triste.
« Est-ce que je peux rester ici jusqu'au retour de Maman ? demande-t-il en soupirant.
– Bien sûr », répond la maman de Jérémie.

Tête-en-l'air s'assoit sur la grande chaise bleue. Il sort des crayons de couleur de sa poche. La maman de Jérémie lui donne une feuille blanche. Tête-en-l'air dessine un gros camion rouge.

« J'aimerais apprendre à dessiner des fleurs », dit le petit lapin.

La maman de Jérémie dessine alors deux belles fleurs pour Tête-en-l'air et lui montre comment faire. Tête-en-l'air s'amuse bien avec la maman de Jérémie.

Jérémie, lui, est dans sa chambre, tout seul. Avec sa patte, il pousse doucement son camion.

Puis Jérémie entre dans la cuisine.
« Je m'ennuie, grogne-t-il.
– Si tu prêtais tes jouets, dit sa maman, tu ne t'ennuierais pas. C'est plus amusant de jouer à deux.

– Veux-tu mes crayons de couleur pour faire un dessin ? » demande Tête-en-l'air à Jérémie.
Le petit renard dessine un soleil et un arc-en-ciel.

« Veux-tu aussi jouer avec mes cubes ? demande Jérémie.
– Oh ! oui, répond Tête-en-l'air.
– Tu peux t'asseoir sur ma chaise », dit Jérémie.

Les deux amis construisent un pont. Ils font même une course de voitures et gagnent chacun leur tour.

« On s'est bien amusés, dit Tête-en-l'air lorsque sa maman vient le chercher. La prochaine fois, Jérémie, c'est toi qui viendras jouer dans ma maison ! »
– D'accord », répond le petit renard.
Et les deux amis se font un gros bisou pour se dire au revoir.